Queridos amigos y amigas
roedores, bienvenidos
al mundo de

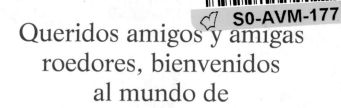

TENEBROSA TENEBRAX

Escalofriosa

Nosferatu

Tenebrosa
Tenebrax

Abuelo
Ratonquenstein

Sobrina preferida
de Tenebrosa.

Periodista del Valle
Misterioso, resuelve misterios
con Nosferatu, su inseparable
murciélago doméstico.

Científico
despistado, experto
en momias
egipcias.

¡OS PRESENTO
A LA FAMILIA
TENEBRAX!

Abuela Cripta

Ñic y Ñac

Kafk

Gemelos latosos, expertos
en informática.

Apasionada de las arañas,
posee una tarántula
gigante llamada
Dolores.

Cucaracha
doméstica de la
Familia Tenebrax.

Poldo

Fantasma que mora en el Castillo de la Calavera.

Mayordomo

Bebé

Adoptado con amor por la Familia Tenebrax.

Mayordomo de la Familia Tenebrax. Esnob de los pies hasta la punta de los bigotes.

Madam Latumb

Ama de llaves de la familia. En su moño cardado anida el canario licántropo.

Señor Giuseppe

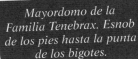

Entierratón

Lánguida

Cocinero del Castillo de la Calavera, sueña con patentar el «Estofado del señor Giuseppe».

Papá de Tenebrosa, dirige la empresa de pompas fúnebres «Entierros Ratónicos».

Planta carnívora de guardia.

Geronimo Stilton

UNA MALETA
LLENA DE FANTASMAS

DESTINO

Textos de Geronimo Stilton
Inspirado en una idea original de Elisabetta Dami
Cubierta de Giuseppe Ferrario *(lápiz y tinta china)* y Giulia Zaffaroni *(color)*
Ilustraciones interiores de Ivan Bigarella *(lápiz y tinta china)* y Daria Cerchi *(color)*
Mapa: Archivo Piemme
Diseño gráfico de Yuko Egusa

Título original: *Una valigia piena di fantasmi*
© de la traducción: Helena Aguilà, 2014

Destino Infantil & Juvenil
infoinfantilyjuvenil@planeta.es
www.planetadelibrosinfantilyjuvenil.com
www.planetadelibros.com
Editado por Editorial Planeta, S. A.

© 2011 - Edizioni Piemme S.p.A., Corso Como 15, 20154 Milán – Italia
www.geronimostilton.com
© 2014 de la edición en lengua española: Editorial Planeta, S. A.
Avda. Diagonal, 662-664, 08034 Barcelona
Derechos internacionales © Atlantyca S.p.A., Via Leopardi 8, 20123 Milán – Italia
foreignrights@atlantyca.it/www.atlantyca.com

Primera edición: febrero de 2014
ISBN: 978-84-08-12240-1
Depósito legal: B. 113-2014
Impresión y encuadernación: Unigraf, S. L.
Impreso en España - Printed in Spain

El papel utilizado para la impresión de este libro es cien por cien libre de cloro y está calificado como **papel ecológico**.

UNA ESPERA...
¡CON SORPRESA!

Era un día **CALUROSÍSIMO**, pero a pesar del tórrido sol que desde hacía un par de horas me achicharraba la cabeza, y de la larguísima cola que tenía delante, esperaba **PACIENTE** junto a mi querido sobrino Benjamín. ¡Merecía la pena! ¿Queréis saber por qué?

Pero primero dejad que me presente. Mi nombre es Stilton, *Geronimo Stilton*, y dirijo *El Eco del Roedor,* el periódico más famoso de la Isla de los Ratones.

Pues bien, como os iba diciendo, esa tarde Benjamín y yo hacíamos cola para asistir a un espectáculo que prometía extraordinarias sorpresas y diversión: el del gran CIRCO

RATOBIGOTES, con sus asombrosos números acrobáticos. El programa incluía ACTUACIONES con payasos, acrobacias con saltimbanquis y juegos de prestidigitadores. Benjamín estaba entusiasmado y yo muy contento de acompañarlo.

—Tío, MIRA ahí arriba. ¿Qué es eso? —preguntó Benjamín de repente.

En efecto, en el cielo azul había aparecido una pequeña MANCHA.

—Ojalá sea una nube. Un poco de lluvia nos iría bien para refrescarnos. Pero… ¡se mueve muy *RÁPIDO*! Creo que se nos va a echar enci…

Antes de que pudiera acabar la frase, la mancha se aproximó y un

Gracias

¡Estupendo!

¡Bienvenidos!

pequeño objeto aterrizó directamente encima de mi cabeza.

¡PUM!

—Tío, no es una nube. Parece increíble pero es... ¡un MURCIÉLAGO!

Masajeándome la nuca, miré hacia arriba: allí estaba Nosferatu, el murciélago doméstico de los Tenebrax, ¡riéndose!

—¡JI, JI, JI! ¿TE HE HECHO DAÑO, TONTORRÓN?

Lo que me había dejado caer sobre la cabeza era un cuaderno violeta, con el nombre de mi amiga Tenebrosa en la tapa.

—¡Es un nuevo libro! —chilló Nosferatu—. ¡Publícalo lo antes posible!

—Tío, ¿por qué no lo leemos ahora mismo? —me pidió Benjamín, que adora las ESCALOFRIANTES historias de Tenebrosa.

Yo no me lo hice repetir, porque también sentía mucha curiosidad por descubrir qué **AVENTURA** en el Valle Misterioso había decidido contar esta vez Tenebrosa. Así que abrí el cuaderno, me aclaré la voz y empecé a leer en voz alta…

Vamos a ver…

Seguro que es una aventura… ¡escalofriante!

UNA MALETA LLENA DE FANTASMAS

TEXTO E ILUSTRACIONES DE
TENEBROSA TENEBRAX

UNA SOMBRA MISTERIOSA

Las tinieblas y el profundo silencio de la noche envolvían enigmáticamente el Valle Misterioso. Una **SILUETA** oscura avanzaba a paso muy lento por el camino de Lugubria, iluminado tan sólo por los **PÁLIDOS** rayos lunares.

Cuando un denso nubarrón cubrió la luna por completo, el misterioso roedor se detuvo, **PERDIDO**.

—Estoy más cansado que un espectro insomne —murmuró muy desconsolado—. Creo que me he equivocado de camino hace ya un rato, y ahora no veo ni dónde pongo las **PATAS**.

Con un profundo suspiro, el misterioso foras-tero se acercó la voluminosa maleta que iba arrastrando.

—Creo que será mucho mejor que me pare aquí mismo. Mañana retomaré el camino al amanecer. Ahora debo buscar un rinconcito para **DESCANSAR**…

Pero ¿dónde podía encontrar un rincón tran-quilo? A su alrededor solamente veía campos desolados y, a lo lejos, la silueta **ESPECTRAL** de un castillo.

En ese momento, un rayo de luna asomó en-tre las nubes e iluminó un inmenso **NOGAL** sin hojas.

—Qué árbol tan raro… Pero es justo lo que necesito. Ahí, apoyado en el tronco, podré dormir unas horas.

El viajero solitario colocó pues la maleta a su lado, cerró los ojos y empezó a **RONCAR** de inmediato.

Lo que no podía imaginar era que la tranqui-
lidad de aquel rinconcito pronto se vería AL-
TERADA por los dos gemelos más traviesos
de todo el Valle Misterioso…

Ronf, ronf…

LOS GEMELOS EN ACCIÓN

—¡Date **PRISA**, Ñic!

—¡Ya voy, Ñac!

Los **TERRIBLES** gemelos Tenebrax bajaron de puntillas la escalera del Castillo de la Calavera, procurando no hacer el más mínimo **RUIDO**. Habían puesto el despertador mucho antes de lo habitual, para llevar a cabo su «MISIÓN REVOLTOSA Número Siete mil cuatrocientos cincuenta y ocho: Apropiación Silenciosa de las Sobras del Pastel de Estofado Triple de la Cena de Ayer».

Según el plan, los gemelos debían bajar a la COCINA antes de que el resto de la familia se despertara, hacerse con el botín y volver a su habitación a zampárselo. Ninguna prueba, ningún testigo y **BARRIGAS LLENAS**.

Pero a veces los planes perfectos fallan por algún imprevisto…

Cuando los gemelos abrieron la puerta del FRIGORÍFICO, retumbó una voz:

—¿SE PUEDE SABER QUÉ ESTÁIS HACIENDO?

Era el señor Giuseppe, el cocinero de los Tenebrax, que había salido al jardín para coger una raíz MOHOSA y echarla al estofado.

Aquella mañana se había puesto a trabajar antes de lo habitual; quería preparar un Estofado Balsámico especial para tratar el fuerte RESFRIADO de Madam Latumb.

—¡Por mil salamandras en salmuera! —gritó el cocinero, blandiendo el cucharón—. ¡Sacad las patas de ahí, par de PÍCAROS! Ñic y Ñac CORRIERON como un rayo fuera de la cocina, perseguidos por el señor Giuseppe.

—¡Si os atrapo, os MOMIFICOOOO!

Pero los gemelos estaban ya saliendo del castillo, *CORRIENDO* a más no poder.
Cuando los gritos del cocinero no eran más
que un **ECO** lejano, los gemelos aflojaron el
paso y al final se detuvieron.

—¿Cuánto... **PUFF**... nos hemos... **PANT**...
alejado, Ñic?

¡A ver si nos pillas!

¡Corre, Ñac!

—Mucho... **PANT**... Ñac... **PUFF**... ¡Hemos llegado al nogal!

La luna iluminaba tenuemente el valle y los gemelos se encontraron ante un misterioso espectáculo.

—Pero... ¿quién es ése que está **DURMIENDO** ahí, Ñic?

—**RONCA**... pant... como una momia embalsamada, Ñac.

El viajero misterioso dormía junto a su enorme **MALETA**, al pie del viejo nogal, en el límite entre la tierra de los Tenebrax y la de sus terribles vecinos, los Rattenbaum.

—¿Has visto, Ñic? Lleva una maleta.

—Y pone **NO ABRIR**, Ñac.

Los gemelos intercambiaron una mirada de entendimiento y se acercaron a abrirla.

La maleta se abrió con un **CLAC**. Dentro había **BOTES** de todas clases y tamaños, bien cerrados.

Ñic y Ñac sacaron algunos botes y leyeron las etiquetas:

—¿Qué será esto, Ñic?

—No tengo ni idea, Ñac. Mira, vamos a coger **ÉSTE**.

Y, a continuación, le señaló a su hermano un bote con la etiqueta:

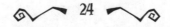

—¿Qué será eso de F.SMAS? —murmuró Ñac, cogiendo el bote.

Los gemelos cerraron la maleta y se alejaron RIENDO.

A los pocos instantes, un rayo de sol iluminó el morro del forastero, que se despertó con un gran bostezo.

—Es hora de proseguir mi VIAJE.

Acto seguido, se levantó, se alisó la chaqueta arrugada, se encasquetó el sombrero, cogió su maleta y se puso en camino.

RAREZAS MÁS RARAS DE LO HABITUAL

Los rayos de sol, cada vez más **CÁLIDOS** y **FUERTES**, se filtraban a través de las gruesas cortinas violeta de la habitación de Tenebrosa.

—¡DATEPRISADATEPRISADATEPRISA!

—chilló Nosferatu.

La noche anterior, la chica había trabajado hasta tarde en una **INVESTIGACIÓN** para la Academia titulada: *Dieciocho métodos rápidos y comprobados para identificar con toda seguridad los siglos que lleva una momia embalsamada*. Así que por la mañana

se había quedado en la cama más de lo habitual. Ahora aún estaba DUDANDO ante Armario, su fiel ropero animado, indecisa respecto a qué ponerse.

Por su parte, los otros habitantes del Castillo de la Calavera ya estaban enfrascados en sus **extrañas** actividades y en la casa se oían los sonidos de la mañana. Mejor dicho, el trasiego matutino.

—Pero ¿qué es todo este ESCÁNDALO?
—preguntó Tenebrosa, descartando el enésimo vestido.

—Los gemelos han hecho una de las suyas. Madam Latumb está RESFRIADA y ese par de tontos están descontrolados —exclamó Nosferatu, que había tenido la desagradable sorpresa de encontrarse B❂T❂NES de colores en su escondite secreto, en lugar de sus caramelos con sabor a coleóptero.

—Tendrá que mantenerlos a raya Mayordomo, solo —RIÓ Tenebrosa. Luego se puso
el vestido de siempre y añadió—: He terminado la investigación, no tengo clases ni
artículos que escribir para el *Diario del Miedo*. Quiero disfrutar de un DÍA DE OCIO.
Empezaré dando un buen paseo. ¿Qué te parece, **KAFKA**?

Pero no había rastro de la cucaracha doméstica de los Tenebrax, que solía dormir a los pies
de la cama de Tenebrosa y la seguía a todas
PARTES.

—¿Dónde se habrá metido? —se preguntó
Tenebrosa y, a continuación, se agachó para
mirar debajo de la cama.

Luego AGITÓ con mucha energía
una caja de «Escaraliz», crujientes
golosinas de regaliz, las preferidas
de Kafka. Pero ni siquiera ese recla-
mo la hizo aparecer.

—Qué RARO… Vamos a buscarla.

En la escalera que conducía al piso de abajo, Tenebrosa casi chocó con la Abuela Cripta, que subía los peldaños DESESPERADA.

—Abuela, ¿qué ocurre?

—¡Mis AGUJAS! ¡Mis agujas!

—¿Agujas? —repitió Tenebrosa Tenebrax, muy perpleja.

—Mis agujas de tricotar. Han desaparecido y quiero terminar de tejer los calentadores para mis tarántulas. ¡Snif!

—Seguro que han sido Ñic y Ñac —declaró Tenebrosa—. Voy a BUSCARLOS.

En la planta baja, se encontró a su sobrina Escalofriosa, que la estaba buscando desesperada.

—¡Tía, mira qué ha pasado!

Y le tendió unos cuadernos escolares, con las páginas pegadas entre sí, con una sustancia PRINGOSA.

Antes de que Tenebrosa dijese nada, Entierratón entró con un **objeto** entre las patas.

—¡Por el asma de mi abuelo fantasma! Si descubro quién ha sido…

—¿Qué ocurre, papá? —preguntó Tenebrosa.

—Mira, alguien ha metido unas agujas de tricotar en el fondo del VALIOSÍSIMO Su-

Qué cosa tan rara…

¡Mira, tía!

perataúd de Terciopelo, que tengo que entregar esta mañana.

—¿AGUJAS DE TRICOTAR? Déjame ver... —intervino la Abuela Cripta, que llegó en ese momento—. No cabe DUDA de que son las mías. Pero ¿¡¿cómo han ido a parar ahí?!?

—Esta vez, Ñic y Ñac han ido DEMASIADO lejos. Necesitan una buena reprimenda. ¿Dónde se habrán metido?

UNA ENTREVISTA URGENTE

Tenebrosa y su sobrina registraron el castillo **H A B I T A C I Ó N** por habitación, buscando a los gemelos. Empezaron por el piso de arriba, por el dormitorio de *Madam Latumb*.

El ama de llaves estaba en cama, con un montón de PAÑUELITOS de encaje arrugados en la mesilla.

—Señorita Te-te-te... **ACHÍS**... nebrosa... ¿Va todo bi... **ACHÍS**... en?

A cada estornudo, Caruso, el canario licántropo que vivía en su moño cardado,

¡¡¡Aaaa···

le hacía eco con otro estornudo en sordina:

···chís!!!

—¡ACHÍS!

—Siento que esté enferma, Madam —dijo Tenebrosa—. Estoy buscando a los gemelos. ¿Usted los ha visto?

—No, en serio, querida, yo he estado dur-dur-dur... AAACHÍS... miendo hasta hace poco. ¿Ahora qué han... AAACHÍS... hecho?

—Hoy se han portado francamente fatal. Y ahora no los encuentro. Paciencia. Usted intente descansar.

Cuando Tenebrosa estaba a punto de salir de la habitación, un GRITO de su querida sobrina la detuvo.

—¡Tía, mira!

Escalofriosa señalaba la colección de muñecas de Madam Latumb, expuestas ordenadamente en *elegantes* sillas forradas de tul negro.

—¿Las muñecas? Sí, ya lo sé, son preciosas.

—Ya, pero… ¿no ves algo raro?

Entre aquellas MUÑECAS tan bonitas, con sus elegantes vestidos y sus zapatitos de charol, había un MUÑECÓN con un chaleco a rayas blancas y azules de marinero.

Aunque más que un marinero parecía… ¡una CUCARACHA!

—¡Kafka! ¡¿Quién te ha disfrazado así?! ¡Otra broma!

Escalofriosa le quitó la ropa a la cucaracha, mientras Tenebrosa decía:

—¡ESOS DOS ME VAN A OÍR! ¡Esta vez les voy a RIZAR la cola como sacacorchos!

¡Los haré **BAÑARSE** con las pirañas! ¡Dejaré que se llenen de moho durante siglos en el sótano, como los quesos curados!

Y salió rápidamente de la habitación de Madam Latumb, sin parar de amenazar. Escalofriosa la siguió a buen paso, mientras Kafka trotaba hacia la habitación de Tenebrosa, DESCONSOLADO por su desagradable aventura.

Mientras bajaba la escalera, Tenebrosa se encontró a Nosferatu.

—**¡ESTÁS AQUÍ!** —chilló el murciélago—. ¿Dónde te habías metido? ¡Te has olvidado el teléfono en tu cuarto! ¡Lleva horas **SONANDO**!

¡Estás aquí!

—¿Horas? —repitió Tenebrosa.

—Pues sí, debe de ser muy **URGENTE** —chilló Nosferatu, soltando el móvil en las manos de Tenebrosa.

La **CAVERNOSA** voz de Editario Titulares, el jefe de redacción del *Diario del Miedo*, tronó:

—¡Tenebrosa! Necesitamos urgentemente una ENTREVISTA exclusiva con Fenómenon Estuporis. Si quieres seguir ESCRIBIEN-DO en nuestro periódico, procura que yo la tenga en mi mesa antes de mañana. Mejor dicho, antes de esta tarde. Mejor dicho, antes de…

¡AHORA MISMO!

—¿Y quién es Fenóme…? —replicó Tenebrosa, pero antes de que pudiera acabar la pregunta, el hosco jefe de redacción ya había `colgado`.

UN ENCUENTRO AFORTUNADO

—Bueno, la bronca a los GEMELOS tendrá que esperar —dijo Tenebrosa—. Ahora tengo una misión periodística: entrevistar a **FENÓMENON ESTUPORIS**.

—¿Quién es? —preguntó Escalofriosa con mucha curiosidad.

—No lo sé, pero el nombre me suena mucho…

En ese instante, el Abuelo Ratonquenstein, que pasaba por el **PASILLO** cargado de tubos de ensayo, exclamó con entusiasmo:

—¿Fenómenon? ¿Fenómenon Estuporis? ¿**ESE** Fenómenon Estuporis?

—¿De verdad lo conoces? —preguntó Tenebrosa, sorprendida.

—¡Pues claro! ¡Sin duda alguna, es el más **GRANDE**!

—¿El más grande?

—¡Sí, el MEJOR!

—¿El mejor?

—¡Sí, el INSUPERABLE!

—El insuperable, vale, pero… ¿¡¿quién es?!?

—gritó su nieta, impaciente.

—¿Qué quién es? ¡¡¿Eeeh?!! —replicó su abuelo, y por poco se le cae una **PROBETA** al suelo.

¡¿Eeeh?!

Tenebrosa suspiró. Con el Abuelo Ratonquenstein, siempre había que tener un montón de **PACIENCIA**.

—Abuelo, estábamos hablando de Fenómenon Estuporis…

—¡Ah sí, él él él! Es el propietario del CIRCO DE LOS

Fantasmas Acróbatas. ¿Dime, está en la ciudad?

—Eso me han dicho —respondió Tenebrosa, triunfante—. Y lo tengo que entrevistar.

—¡Muy bien, pequeña! Cómprame una entrada para su espectáculo de acrobacias. Es lo más mortalmente **ESPECTRAL** que hayas visto nunca.

Tenebrosa asintió y corrió a su habitación a prepararse. Cuando volvió a bajar, su sobrinita llevaba un BLOC de notas en la mano.

—Tía, ¿puedo ir contigo? Ese circo de fantasmas debe de ser algo **TERRORÍFICO**.

—Claro, ven. Primero iremos a recoger a *Geronimo*. Él es un gran periodista y me echará una mano con la entrevista. Luego buscaremos el hotel de Estuporis.

Habían recorrido solamente unos pocos centenares de metros en el

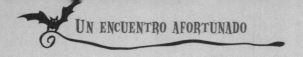

TURBOLAPID, cuando Escalofriosa exclamó:

—¡Mira ahí, tía! ALGUIEN va a pie por la carretera.

En efecto, un roedor vestido con ropa *elegante*, aunque un poco ARRUGADA, caminaba por la calzada arrastrando una maleta con pinta de ser muy pesada.

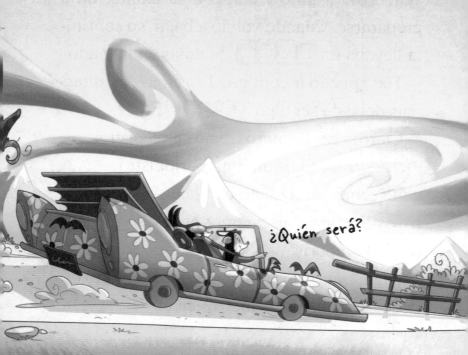

¿Quién será?

—Parece que tiene **PROBLEMAS**... Buenos días, señor. ¿Podemos ayudarlo en algo? —le gritó Tenebrosa al viajero, que inmediatamente se volvió hacia ellas. Parecía **CANSADÍSIMO**.

—Muchas gracias —dijo—, son ustedes muy amables. Si no es mucha **MOLESTIA**, ¿podrían llevarme al hotel?

uff...

—Por supuesto. Suba al coche —respondió Tenebrosa, acercándose al ᴠɪᴀᴊᴇʀᴏ y abriéndole la puerta.

—Me llamo Tenebrosa Tenebrax y ella es mi sobrina Escalofriosa.

—Son muy AMABLES —respondió el forastero, subiendo al coche—. Yo también voy a presentarme: ¡me llamo **FENÓMENON ESTUPORIS**!

UN HOTEL ESPECTRAL

—¡¿Fenómenon Estuporis?! —exclamó Tenebrosa, antes de arrancar el motor.

 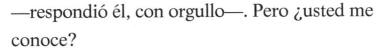 —¡En pelaje y bigotes!

—respondió él, con orgullo—. Pero ¿usted me conoce?

—Por supuesto. Sabemos que es el dueño de un CIRCO —comentó Escalofriosa, con entusiasmo.

—¡Je je, pues sí! Y de un circo muy particular —presumió Estuporis, mientras le tendía a Escalofriosa una TARJETA de visita.

FENÓMENON ESTUPORIS

Insigne presentador del circo más fantasmagórico del mundo.
Pavorosos espectáculos de fantasmas malabaristas, ectoplasmas acróbatas y espectros saltimbanquis.
En gira todo el año.
¡Se morirán de miedo o les devolveremos el dinero!

—Yo trabajo para el *Diario del Miedo* —dijo Tenebrosa—, el periódico más renombrado del Valle Misterioso. ¡Y tengo que hacerle una entrevista!

—Estaré más que CONTENTO de que me entreviste usted —respondió educadamente Estuporis—. Pero, si es posible, antes me gustaría descansar un rato en el hotel que estoy BUSCANDO desde anoche. El propietario me envió un plano con el trayecto, pero me he PERDIDO.

—No se preocupe. Escalofriosa, mientras yo conduzco, mira el plano e indícame adónde tengo que ir.

Escalofriosa abrió el **PLANO** que le dio Estuporis y lo estudió con atención.

—¿Y bien? ¿Hacia **ADÓNDE** voy? —le preguntó su tía.

—Ejem… espero no equivocarme… creo que el **HOTEL** es… ¡el Palacio Rattenbaum!

Tenebrosa **FRENÓ** de golpe y detuvo otra vez el Turbolapid.

—¿Quééé? ¡Déjame ver! —Luego **SUSPIRÓ** por enésima vez aquel día—. Pues sí, es el Palacio Rattenbaum. No sabía que también fuese un hotel… Debe de ser una de las *discutibles* ideas de Amargosio.

Y dicho esto, Tenebrosa arrancó rápidamente el **COCHE** y tomó el camino del Palacio Rattenbaum.

A los pocos minutos, llegaron al descuidado **jardín** de la casa.

Alguien había colgado un **CARTEL** torcido en la fachada.

GRAN HOTEL
RATTENBAUM PALACE

—Desde luego, no se puede negar que lo han hecho todo a lo grande —comentó Tenebrosa, arqueando una ceja.

—Ejem… ¿seguro que es aquí? —preguntó Estuporis, bastante PERPLEJO, al ver los trozos de cornisa que se CAÍAN y las paredes DESCONCHA-DAS.

Ejem...

—No se preocupe. Yo lo acompaño dentro. Escalofriosa, tú espérame aquí.

Tenebrosa LLAMÓ con insistencia, pero nadie abrió. Entonces empujó la puerta, que chirrió. Una sola vela iluminaba la entrada.

—¿Hay alguien? ¡He acompañado al señor Estuporis! —exclamó Tenebrosa a voces.

—¿El señor Estuporis? ¡Honorabilísimo cliente! —gritó Amargosio desde lo alto de la escalera—. No se quede ahí, que se le va a llenar la cola de moho. Pase usted, PASE usted. Pero ¿qué veo? ¡¿Es la detestable heredera de los TENEBRAX?! ¿Es posible?

—Gracias por el recibimiento, aunque yo sólo he venido a acompañar a su CLIENTE. Ahora me vo…

Antes de que pudiera terminar la frase, una voz conocida llegó hasta sus oídos.

—Mi nombre es Stilton, *Geronimo Stilton*, ¡¡¡no *Stonton*!!!

TÉ LITERARIO

Tenebrosa Tenebrax se quedó un segundo inmóvil como una MOMIA. Luego, alejándose de Fenómenon Estuporis y Amargosio Rattenbaum, se dirigió a grandes zancadas hasta el deteriorado salón.

—¡Geronimo Stilton! ¡No me lo puedo creer! —exclamó ENFADADA—. Pero ¡¿qué haces TÚ aquí?!

Alrededor de una pequeña mesa tambaleante, estaban sentadas muy cómodamente las mujeres de la casa: las trillizas Rattenbaum, TILLY, MILLY y LILLY, eternas rivales de Tenebrosa Tenebrax, y Doña Fifí, la altanera dueña de la casa.

Pero a Tenebrosa sólo le interesaba su invitado, que **MIRABA** a derecha e izquierda en busca de una vía de escape.

Cuando Geronimo vio a su amiga, **ABRIÓ** los ojos como platos.

—¡Tenebrosa! —exclamó exaltado—. Pero ¿qué haces tú aquí?

—Te lo he preguntado yo primero. ¿No tenías que trabajar en la enciclopedia de los fantasmas?

—Sí, pero…

Las trillizas se inmiscuyeron.

—Pero ¿qué enciclopedia? —preguntó muy sorprendida Milly—. Lo hemos invitado…

—… a nuestro gran… —prosiguió Tilly.

—… ¡té literario! —completó Lilly.

—¿Y qué tiene este té de literario? —preguntó Tenebrosa, observando con ojo crítico el AGUA SUCIA de la tetera.

—Jovencita —intervino Doña Fifí, aclarándose la garganta—, para tu información, en mi gloriosa JUVENTUD fui una aclamadísima actriz de cine mudo y además una célebre autora de poemas de AMOR. Y hoy el señor *Stonton* tiene el honor de oírme declamarlos. Luego extendió un brazo con gesto teatral y empezó a RECITAR:

—*Ratón mío adorado, de queso te he empachado. No te quise soltar para sola no estar.*

En el salón se hizo un silencio bastante INCÓMODO, que Doña Fifí interpretó como un ESTÍMULO positivo.

—*Querido marido mío, mucho he llorado desde que te fuiste, como un cocodrilo triste.*

—¡TREMENDO!

—¡TERRORÍFICO!

—¡ESCALOFRIANTE! —aplaudieron las trillizas.

Geronimo le dijo en voz baja a Tenebrosa:

—¡Yo no quería venir, tienes que creerme! Quería terminar de ESCRIBIR la enciclopedia *(¡sólo voy por la pág. 1327!)*, pero las trillizas han insistido tanto… Me han dicho que si no venía… ¡¡¡llamarían al terrible FANTASMA QUESITO!!!

Tenebrosa se cruzó de brazos y empezó a dar golpecitos con el pie en el suelo.

—Geronimo… —dijo en tono AMENAZADOR.

¡Yo no quería!

Pero en ese momento se oyó un grito familiar, acompañado del batir de unas alas…

—¡Nosferatu! ¿Qué haces aquí?

—He venido a buscarte. He visto el Turbolapid en el jardín… La pregunta es: ¡¿qué haces tú en el Palacio Rattenbaum?!

—Es una LARGA HISTORIA —contestó Tenebrosa—. Pero dime, ¿qué pasa?

—El castillo está MANGA POR HOMBRO. ¡Tienes que ir!

EMERGENCIAEMERGENCIAEMERGENCIA

—Está bien —asintió de inmediato Tenebrosa—. Geronimo, deja a estas NOBLES de pacotilla y ven conmigo.

Mientras lo decía, cogió a Geronimo por las solapas y lo ARRASTRÓ fuera. Las trillizas Rattenbaum intercambiaron una mirada de entendimiento: no tenían la menor intención de dejar al famoso escritor en manos de Tenebrosa.

Así pues, ellas también abandonaron la casa, mientras seguían oyéndose los **VERSOS** de Doña Fifí:

—*Amado mío, temo que no me quieras, pero no escaparás, y desaparecer no podrás.* Por cierto… ¿señor *Stonton*? ¿Dónde se ha **METIDO**? ¡Señor *Stooooooooonton*!

UNA DESAGRADABLE SORPRESA

Fenómenon Estuporis seguía plantado en la puerta del Palacio Rattenbaum, con la enorme **MALETA** junto a las patas. De pronto, vio pasar a Tenebrosa, a Nosferatu y al pobre Geronimo, **SEGUIDOS** poco después por las trillizas.

Antes de que pudiera preguntar nada, Amargosio se le acercó y le puso una pata en el hombro:

—¡ESTIMADÍSIMO! ¡ILUSTRÍSIMO! ¡DISTINGUIDÍSIMO! Venga, le enseñaré el hotel. Es una residencia antigua, construida por nuestros antepasados de **SANGRE AZUL** a más no poder. Si quisiera hacer una donación para restaurar nuestro... ejem... hotel... bueno, no rechazaría su GENEROSIDAD.

—Es usted muy amable, pero ahora sólo deseo ir a mi habitación —repuso Estuporis en tono educado, calándose el bombín—. Quisiera empezar a ensayar con mis amigos, los FANTASMAS.

—Ah, bueno... —farfulló Amargosio Rattenbaum, decepcionado—. Como prefiera. Sígame pues.

Atravesaron la Galería de la Sangre Azul, un oscuro PASILLO decorado con los retratos de los antepasados de los Rattenbaum. Estuporis se fijó en las paredes llenas de GRIETAS y los marcos DES-CONCHADOS, y se rascó la cabeza perplejo. ¡Aquello no tenía aspecto de un hotel de lujo!

Luego tomaron un corredor aún más estrecho y tétrico. Estuporis vio que el papel pintado era viejo y estaba medio ARRANCADO, y negó con la cabeza. La verdad era que ni siquiera parecía un hotel.

—¡Ya hemos llegado! —exclamó Amargosio, delante de una desvencijada y *minúscula* PUERTECILLA.

La abrió y le mostró al incrédulo cliente una *minúscula* habitación, con una *minúscula* cama con dosel con pinta **PELIGROSA**, un *minúsculo* escritorio DEVORADO por la carcoma y un *minúsculo* armario con una puerta abierta, que CHiRRiABA con la corriente de aire.

—Perdone, ¡¿esto es realmente una *suite* de LUJO?! —protestó Fenómenon Estuporis, perdiendo su calma habitual. No podía creer lo que veía.

—Pues sí, al más puro estilo del Valle Misterioso. Bueno, lo dejo a solas para que disfrute de ella.

Y se escabulló a toda prisa, cerrando la puerta y haciendo TEMBLAR con ello toda la casa. Estuporis miró a su alrededor, suspirando.

Se sentó en la cama, pero ésta CEDIÓ bajo su peso y el colchón acabó en el suelo.

Intentó abrir el cajón del armario, pero una NUBE DE CARCOMAS lo rodeó de inmediato.

Pero...

Trató de abrir el grifo oxidado de un lavabo que vio en un rincón, pero solamente salieron tres míseras gotas de un desagradable LIMO MALOLIENTE.

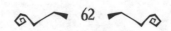

—¡Por todos los ESPECTROS de una casa infestada! —exclamó Estuporis—. No tendría que haberme fiado de la publicidad de este hotel. Se está cayendo a trozos. ¡Bueno, PACIENCIA! Ahora ya estoy aquí, más vale que me ponga a trabajar.

Tumbó la enorme maleta sobre la alfombra y la abrió. Dentro, en sus BOTES, los fantasmas del circo roncaban tranquilamente.

Estuporis los llamó:

—Amigos, se acabó la buena vida. Ya habéis dormido bastante mientras yo sufría las VI-CISITUDES del viaje. Ahora ha llegado vuestro turno. Tenemos que ensayar para el espectáculo de esta noche. Es tarde y no nos queda mucho tiempo.

Entretanto, en el piso de abajo, Amargosio y Doña Fifí estaban DISCUTIENDO.

—¡Mira que transformar el Palacio en un hotel! —gritaba Doña Fifí—. Semejante idea sólo

podía salir de una cabeza llena de MOHO como la tuya.

—Es un buen **NEGOCIO**, ya lo verás —replicaba Amargosio—. Además, Estuporis sería un buen partido para las trilli...

—¡AAAAAAAAAAAHHHHHHH!

En ese instante, un grito resonó en el tétrico aire de la casa.

Espectros
en Libertad

—¿Qué ha sido eso? —preguntó Doña Fifí.

—Provenía de la Habitación del Cliente —exclamó Amargosio, CORRIENDO hacia el cuarto de Estuporis.

—¡Han DESAPARECIDO! ¡DESAPARECIDO! —gritaba el huésped, apretando el sombrero entre las patas.

—¿Quiénes? —preguntó Doña Fifí, lanzando una mirada de DESAPROBACIÓN a la estancia. Sobre la alfombra había esparcidos muchos botes abiertos y… VACÍOS.

—¡¡¡¡Los Fantasmas Gastabromas!!!! —gritó Estuporis, DESESPERADO—. ¡¿Dónde se habrán metido?! Siempre viajan en la maleta

junto con los otros **FANTASMAS**. Sin ellos, mi espectáculo no puede ni siquiera empezar.

—Tal vez estén dando una **VUELTA** por la casa —respondió tranquilamente Amargosio, mirando a su alrededor.

¡CRASH BANG PUM!

—Eso viene de la CRISTALERÍA —murmuró Doña Fifí, palideciendo.

La Cristalería era una habitación con tres grandiosos aparadores, donde años atrás se guardaban VALIOSAS copas de cristal tallado. Ahora lo único que quedaba eran los trozos rotos de la última copa, que se había caído al suelo mientras el Fantasma Acróbata hacía sus ejercicios, LANZÁNDOSE de un estante a otro.

Cuando Doña Fifí vio su preciosísima copa hecha AÑICOS, se desmayó.

Amargosio y Estuporis la **LLEVARON** en volandas hasta el pasillo y la dejaron en un sofá.

Poco después, Doña Fifí abrió un ojo. En ese mismo instante, pasó ante ella el **ESPEC-TRO MALABARISTA**, que lanzaba al aire y cogía al vuelo… ¡sus antiquísimas y valiosísimas **PELUCAS**!

Doña Fifí se DESMAYÓ de nuevo.

—Lamento que los fantasmas causen tantas molestias —se disculpó Estuporis DES-CONSOLADO—. Normalmente son muy educados, pero sin los Fantasmas Gastabromas no podemos empezar a ensayar y deben de estar aburridos…

Amargosio, que estaba dándole aire a su mujer con un sombrero aplastado, dijo:

—Como usted comprenderá, tendré que subir notablemente las tarif…

En ese momento, tuvo una sensación muy extraña, como si algo lo levantara del suelo.

Era el **Fantasma Forzudo**, que lo había cogido como si fuera una pluma y empezó a hacerlo GIRAR en el aire, cada vez más rápido.

—¡Está bien! ¡Está bien! —gritó desesperado, Amargosio—. ¡No subiré las tarifas!

El fantasma lo hizo girar aún más rápido.

—Incluso… ¡le haré un **DESCUENTO**!

El fantasma lo lanzó por los aires

y lo atrapó al vuelo un momento antes de que se GOLPEARA la cola contra el suelo.

—Pues ¿sabe que le digo? —concluyó Amargosio, agotado—. Puede quedarse GRATIS… ¡siempre que tenga controlados a sus fantasmas!

BROMAS DE FANTASMA

Mientras, Tenebrosa, Geronimo, Escalofriosa y Nosferatu volvieron al Castillo de la Calavera. Nada más entrar, Tenebrosa se cruzó con Entierratón, que daba vueltas por la entrada, DESCONSOLADO.

—Querida Tenebrosa, ¡qué gran tragedia! ¡Los han pegado con CHICLE! —exclamó al verla.

—¡Oh no! ¡QUÉ DESASTRE! —replicó en seguida su hija, comprensiva.

—¿Qué es lo que han PEGADO? —preguntó Geronimo.

—Los ATAÚDES de papá, ¿no? —resopló la chica, impaciente.

—Sí —asintió Entierratón—. Tardaré un siglo en volver a abrirlos todos. Los BIGOTES se me llenarán de MOHO.

En ese momento, se oyó un estruendo procedente del comedor.

Tenebrosa y Geronimo **CO-RRIERON** hacia allí y se encontraron con una escena que los dejó sin palabras: el IMPECABLE mayordomo de la Familia Tenebrax estaba sentado

¡Inaudito!

en el suelo, masajeándose la cola, con un montón de vasos hechos AÑICOS alrededor.

—Señorita Tenebrosa —gimió Mayordomo—, en tantos años de servicio, nunca había roto ni una TAZA. ¡Y ahora mire!

—¡*Por mil quesos de bola!* ¿Qué ha ocurrido? —preguntó Geronimo.

—¿No lo ves? Alguien ha sustituido los zapatos de Mayordomo por… ¡PATINES de ruedas!

En ese momento, entró Escalofriosa.

—¡Tía, ven, rápido! —exclamó—. El Abuelo Ratonquenstein está muy ALTERADO.

Tenebrosa, Geronimo y Escalofriosa bajaron corriendo al sótano, donde el abuelo caminaba nerviosamente **ARRIBA** y **ABAJO**, agitando las patas.

—Les han quitado las **VENDAS**, ¿comprendéis? Una a una.

—¿Quééé? —preguntó Geronimo.

—Las MOMIAS del abuelo, ¿no? —respondió Tenebrosa, impaciente—. ¡Solamente se le pueden quitar las vendas a lo que está vendado!

—¡TONTORRÓNTONTORRÓNTONTORRÓN!

—rió Nosferatu, volando alrededor de la cabeza del escritor.

—Me parece raro que los gemelos hayan ido tan lejos —comentó Tenebrosa.

—A propósito, tía, ¿te das cuenta de que no los hemos visto en toda la mañana? ¿Dónde se habrán metido?

—Estamos aquí… SNIFF…

—Aquí mismo… SIGH…

Los gemelos latosos estaban en la escalera, con LAGRIMONES en los ojos. Tenebrosa estaba a punto de regañarlos por las TERRIBLES BROMAS de ese día, pero de pronto se dio cuenta de que ellos también eran víctimas de una: les habían anudado las dos colas juntas.

—¿Quién ha sido? —preguntó sorprendida.

—No lo sabemos —lloriqueó Ñic.

—Estábamos durmiendo —se LAMENTÓ Ñac.

—Y cuando nos hemos despertado… —siguió Ñic.

—… ya teníamos las colas atadas —concluyó Ñac.

Los gemelos parecían realmente desconsolados.

—Es evidente que vosotros no po-déis ser responsables del CAOS

¡Sniff!

¡Sigh!

que hay en el castillo —concluyó Tenebrosa.

—Pues entonces… ¿quién puede haber gastado todas estas BROMAS? —intervino Geronimo.

—No tengo ni idea… Pero ¡todo esto me huele a MISTERIO! —exclamó Tenebrosa, con aire combativo.

¿UN MOLESTO FANTASMA?

Tenebrosa, Geronimo y Escalofriosa volvieron de nuevo al piso de arriba, seguidos por los sollozantes gemelos.

—Aquí hay **ALGUIEN** que se lo está pasando de miedo a nuestra costa —comentó Tenebrosa—. Pero no sé quién es. ¿Tienes alguna idea, Geronimo?

—¿Un INTRUSO? —sugirió Geronimo, muy asustado.

—Es posible. Pero ¿quién puede ser?

—¿Una MOMIA que ha despertado? —propuso Escalofriosa, algo preocupada.

Geronimo se puso **VERDE PÁLIDO**… del canguelo felino.

—¿Un **MONSTRUO** que ha salido del foso? —sugirieron Ñic y Ñac.

Geronimo se puso **VERDE MANZANA**… de espanto.

—¡O tal vez… un **FANTASMA** con ganas de incordiar! —concluyó Tenebrosa.

Geronimo se puso **VERDE BOSQUE**… de terror.

—Geronimo, ¡ni se te ocurra **DESMAYARTE** ahora! —ordenó Tenebrosa al ver el color de la cara de su amigo—. Te necesito despierto y lúcido para empezar la **BÚSQUEDA**.

—¿Bú-búsqueda?

—¡Sí! El responsable de las bromas tiene que esconderse en algún lugar del castillo.

—¿Cómo lo hacemos, tía?

—SEPARÉMONOS. Escalofriosa, tú ve ABAJO de todo. Hay que registrar palmo a palmo el Sótano Mohoso. Los geme-

¡Separémonos!

los se quedarán en la **PLANTA BAJA** vigilando lo que ocurre, yo me encargaré de las habitaciones y, finalmente, tú, Geronimo, subirás **ARRIBA**.

—De acuerdo. Pe-pero un momento… ¿qué significa «arriba»?

Tenebrosa suspiró. A su querido Geronimo siempre había que explicárselo todo.

—El Castillo de la Calavera es un CASTILLO, ¿no, Geronimo?

—Sí, pe-pero…

—Y, como todos los castillos, tiene t…?

—¿TERRAZAS?

—¡No! To…

—¿TOLDOS?

—¡No! —resopló Tenebrosa—. Tor…

—¿TORNOS?

Geronimo era, en realidad, un caso desesperante.

—Torres, ¿no?

—Ah, pues es verdad. **¡TORRES!** —exclamó Geronimo—. Pero… un mo-momento… ¡¿quieres decir que debo subir a las torres a **BUSCAR** yo solo a la momia, al monstruo o al fantasma?!

—Exactamente —Tenebrosa afirmó con la cabeza—. ¡No hay **TiEMPO** que perder!

Geronimo empezó por la **TORRE DE LOS MURCIÉLAGOS**. Peldaño a peldaño, subió la interminable escalera de caracol que llevaba hasta arriba. Conforme subía, le parecía cada vez más ESTRECHA y os-cura, y tenía la impresión de que se oían ruidos.

—So-son imaginaciones mías —murmuró, armándose de VALOR.

Pero los ruidos eran más y más fuertes, y oyó cerrarse una puerta detrás de él.

—¡¿Hay a-alguien?! —susurró el escritor, asustado.

Por toda respuesta, los ruidos se acercaron más, detrás de él. Geronimo no tenía elección y subió TEMBLANDO los últimos escalones.

EN BUSCA
DE GERONIMO

Tenebrosa Tenebrax estaba bastante desanimada. Había registrado de arriba abajo todos los dormitorios y no había encontrado nada **SOSPECHOSO**. Escalofriosa había vuelto del Sótano Mohoso sin ninguna **PISTA** y los gemelos latosos solamente habían visto pasar a Mayordomo con la cola **VEN-DADA**.

—Espero que al menos Geronimo haya descubierto algo. Por cierto, **¿dónde se ha metido?**

Había pasado más de una hora desde que se habían separado y era el único que no había vuelto.

—Espero que no se haya metido en algún *lío*.
Ñic, Ñac, ¿habéis visto en qué dirección ha
ido? —preguntó Tenebrosa.

—Ejem… por **AQUÍ**…
—dijo Ñic, señalando el
ala este del castillo.

¡Por aquí!

¡Por allá!

—¡No! Por **ALLÁ**…
—replicó Ñac, señalan-
do el lado oeste.

—¡Ya veo! —dijo Tenebrosa—.
¡Comprendo! Tendré que **REGISTRAR**
todas las torres.

Y se dirigió hacia la Torre Encantada, sin ad-
vertir que tres pares de **OJOS** la seguían a
todas partes.

—¿Qué hacemos?

—¿La **SEGUIMOS**?

—¡Sí, pero sin que nos descubra!

Milly, Tilly y Lilly habían llegado al Castillo
de la Calavera para seguir a Geronimo, pero

al ver las **EXTRAÑAS BROMAS** sufridas por los Tenebrax, les entró curiosidad y habían estado vigilando a Tenebrosa a **ESCONDIDAS**. Ellas también querían saber quién era el responsable de las **JUGA-RRETAS**.

Tenebrosa Tenebrax entró en la Torre Encantada. El interior estaba cubierto de espejos, que **DEFORMABAN** la imagen de mil formas.

—**¡Geronimo!** —llamó Tenebrosa, pero nadie le respondió. Por un instante, creyó ver a alguien **REFLEJADO** en un espejo, pero al mirar de nuevo, no vio nada—. No está aquí. Estará en otra torre…

Antes de seguirla, las trillizas aprovecharon para mirarse en los espejos y comprobar su aspecto.

—¡Qué bien me queda este sombrero! —se **PAVONEÓ** Tilly.

—Sí, aunque no es tan BONITO como el mío —comentó Milly.

—Lo siento por vosotras, pero yo soy la más guapa —sentenció Lilly.

Mientras las Rattenbaum discutían, Tenebrosa llegó a la Torre de los Murciélagos. Al cruzar la sala con la Piscina de COCODRILOS y la Pecera de Pirañas, echó un vistazo a sus animales preferidos. Las pirañas parecían algo inquietas.

—¿Qué os pasa, chiquitinas?

Los peces la miraron con sus ojazos redondos, como si quisieran decirle algo.

—Después volveré a veros. Ahora tengo que encontrar a esa CALAMIDAD de Geronimo —explicó, antes de empezar a subir la escalera que llevaba a lo alto de la torre.

A los pocos instantes, las trillizas entraron en la sala sin hacer ruido.

—¡HA PASADO POR AQUÍ!

—¡Y NOSOTRAS LA SEGUIREMOS!

—¡COMO SIEMPRE!

Los sombreros robados

Tenebrosa llegó a la cima de la Torre de los Murciélagos y abrió la puerta del cuarto donde los **MURCIÉLAGOS** solían pasar las largas horas del día, **COLGADOS** del techo cabeza abajo. En efecto, había algunos, pero ni rastro de Geronimo.

—Buf, debe de estar en la **TORRETA** de vigilancia —dijo Tenebrosa. Cuando se volvió para salir, pisó algo… ¡Era un **BOTÓN** de la chaqueta del escritor!

—No hay duda, Geronimo ha estado aquí…

Tenebrosa creyó oír un gemido ahogado. Aguzó el oído y lo percibió de nuevo.

¡MMMMM!

Procedía de un baúl que estaba en medio de la habitación.

Tenebrosa lo abrió y…

—¡Geronimo! Pero ¡¿qué haces dentro de un BAÚL?!

—N-no lo sé —respondió él, todavía ENCOGIDO y TEMBLOROSO—. He oído un ruido procedente del baúl y cuando me he inclinado para mirar…

—Te han **EMPUJADO** dentro. Pero ¿no has visto que estaba abierto? ¡Podías salir tú solo!

Ante esta revelación, Geronimo intentó, por todos los medios, justificarse:

—Ejem… sí, ya… pero… quería… ¡INSPEC-CIONAR a fondo el baúl!

—Por supuesto —SONRIÓ Tenebrosa—. Obviamente, querías buscar tu botón.

   —¿Qué bo-botón?

   —¡Basta ya, Geronimo! —Tenebrosa negó con la cabeza—. Venga, tenemos que seguir **BUSCANDO**.

   Justo en ese momento, tres gritos muy AGUDOS y terribles les perforaron los tímpanos.

Es-estaba buscando…

Claro, claro…

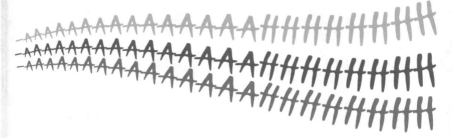

—¡*Por mil ratones!* —gritó a su vez Geronimo—. ¿Quién es? ¿Qué es?

Tenebrosa lo cogió del brazo.

—Sólo hay tres seres capaces de CHILLAR así —dijo— y las conocemos muy bien.

Arrastrando a Geronimo con ella, Tenebrosa fue de nuevo hasta la sala de las piscinas. Tal como sospechaba, las TRILLIZAS Rattenbaum estaban allí, boquiabiertas. Y las tres señalaban la pecera, horrorizadas.

¡Tres pirañas llevaban sus sombreros!

Sin poder evitarlo, Tenebrosa se echó a REÍR y las Rattenbaum se indignaron.

—¿Te hace gracia?

¡Ja, ja, ja!

—Claro, ya se nota que no son tuyos los sombreros que esos tres monstruitos…

—… han robado para arrojarlos en esta pecera.

—¿MONSTRUITOS decís? —preguntó Tenebrosa con curiosidad, poniéndose seria de golpe—. ¿Qué aspecto tenían?

—ERAN PEQUEÑOS —dijo Tilly.

—ERAN BLANDOS —continuó Milly.

—ESTABAN PALIDUCHOS —añadió Lilly.

—¡Y volaban! —terminaron al unísono.

—Muy interesante… —comentó Tenebrosa, mientras una idea iba tomando forma en su cabeza.

MISTERIO RESUELTO

Las pirañas habían empezado a **MORDISQUEAR** los sombreros, cuando llegó Escalofriosa.

—¿Qué ocurr…? **¡OH OH!** —exclamó, al ver los sombreros—. ¡Esperad!

Se fue corriendo y apareció poco después con una **CAÑA DE PESCAR** pequeña, de juguete.

—La hice para pescar los objetos que se **CAEN** en el foso, antes de que Remolino* se los zampe. Pensé que resultaría útil.

Gracias a la caña, las Rattenbaum recuperaron los sombreros en pocos

minutos. Se los pusieron tal como estaban, EMPAPADOS y MORDISQUEADOS, y se fueron indignadas. Tenebrosa las miró en SILENCIO, mientras se alejaban. Llevaba varios minutos sin decir nada.

—Tenebrosa, ¿va todo bien? —le preguntó Geronimo TÍMIDAMENTE.

Tenebrosa asintió con la cabeza.

—Creo que me estoy acercando a la solución del misterio. ¡Venid conmigo!

Geronimo y Escalofriosa la siguieron hasta su habitación, donde la chica cogió un volumen muy pesado de la librería. Era el *Almanaque de los Días del Valle Misterioso*. Tenebrosa lo hojeó un instante, muy concentrada. Luego suspiró SATISFECHA.

—¡Aquí está!

—¡La descripción corresponde a los monstruitos que les han quitado los sombreros a las Rattenbaum! —exclamó Escalofriosa.

*Remolino es el monstruo del foso del Castillo de la Calavera. Si queréis conocerlo mejor, leed la aventura «Misterio en el Castillo de la Calavera».

—Exacto —confirmó su tía—. ¿Y has leído la última línea? Está claro, ¿no?

—¡Está **CLARÍSIMO**, tía!

—¡*Por mil quesos de bola!* —saltó Geronimo—. ¿De qué estáis hablando?

FANTASMAS
GASTABROMAS

Espectros muy raros, originarios de los Montes Risueños.

CARÁCTER: están acostumbrados a vivir en lugares ocultos, pero son muy alegres y bromistas.

ASPECTO: pequeños, blandos, paliduchos.

APTITUDES: muy adecuados para trabajar en el circo, donde pueden idear sus bromas más cómicas.

—Ahora no tengo tiempo de contártelo. Voy a hacer una llamada.

¿Eh?

Tenebrosa marcó un número en el móvil.

Después de SONAR un buen rato, por fin se oyó la débil voz del sirviente del Palacio Rattenbaum.

—¿Diga?

—Buenos días, soy Tenebrosa Tenebr…

Un **BAM** al otro lado de la línea la interrumpió.

—Disculpe todo este ruido… Hoy en la casa tenemos mucho… MOViMiENTo.

¡CRASH!

—¿No tendrán algo que ver los fantasmas del circo del señor Estuporis?

—Exactamente... ¡están sembrando el **PÁNICO**! ¿Quiere hablar con alguien?

¡**BAM**!

—Sí, por favor, quisiera hablar con su huésped, **FENÓMENON ESTUPORIS**.

—¡Ahora mismo lo aviso!

Tras una larga espera, la chica oyó la voz jadeante de Estuporis:

—¡Tenebrosa! Este hotel es un desastre, mis fan-

tasmas andan DESCONTRO-LADOS... y lo peor de todo es que no encuentro a...

—¿Los Fantasmas GASTA-BROMAS?

—Pues sí... ¡¿cómo lo sabe?!

—Están aquí, en mi casa. Sólo tenemos que encontrarlos… y averiguar cómo han podido llegar hasta aquí.

—Lo he estado pensando y, creo que alguien cogió el BOTE de mi maleta, mientras dormía bajo el peral.

—¿Qué PERAL?

—No, no era un peral… era más bien un manzano… no, no… ah, sí… ¡era un NOGAL!

—Un nogal… —murmuró Tenebrosa y colgó. Estuporis llegaría en seguida, y ella debía aclarar un asunto.

HE AQUÍ LOS FANTASMAS

Ñic y Ñac, con las colas aún atadas, se miraron **ASUSTADOS**.

—Si no me decís ahora mismo la verdad, no os desato. Mejor dicho, ¡os haré un *triple nudo*! ¿Cogisteis vosotros el bote de los Fantasmas Gastabromas?

Los gemelos tragaron saliva, **ATEMORIZADOS**. Cuando Tenebrosa se ponía así, no había nada que hacer.

—No sabíamos qué era lo que había dentro del bote —se le escapó a Ñic—. Cuando lo abrimos parecía **VACÍO**.

—Luego nos fuimos a dormir. Estábamos muy **CANSADOS** —prosiguió Ñac.

—Estábamos cansados porque aquella mañana nos levantamos temprano para…

—continuó Ñic, pero su hermano le dio un **CODAZO** para interrumpirlo.

—Pues ahora tenemos que encontrar a esos **FANTASMAS** bromistas —declaró Geronimo, que por fin había entendido lo que ocurría.

—Pero no será **FÁCIL** —resonó la voz de Estuporis, que acababa de entrar en el Castillo de la Calavera—. A esos espectros les encanta gastar **BROMAS** y aquí han encontrado la manera de divertirse.

—¿Cómo podemos atraerlos? —preguntó Escalofriosa.

—No tengo ni idea —suspiró Estuporis. Mientras Tenebrosa, apesadumbrada, le tendía el bote vacío, Madam Latumb bajó la escalera, con un pañuelo de encaje en la mano.

—Buenos días a todos... **ACHÍS**... Ya me encuentro mejor. ¿Ha ocurrido algo mientras estaba ENFERMA?

En ese momento, llegó también el señor Giuseppe, con un cuenco de **ESTOFADO** de olor particularmente penetrante.

—¡Madam! ¿Qué hace levantada? Tiene que descansar. Le traigo un plato de mi Estofado Balsámico especial, perfecto para curar el resfriado. También es muy eficaz contra la jaqueca de la **TARÁNTU-**

LA, la tortícolis de la **lombriz** y el asma del **FANTASMA**.

Cuando pronunció la palabra «fantasma», algo asomó entre el cabello de Madam Latumb... No se trataba del irritable CARUSO, el canario licántropo, sino de tres seres PALIDUCHOS y blandos que aspiraban el aroma del estofado con aspecto glotón.

—¡MIS PEQUEÑOS FANTASMAS!

—exclamó Estuporis, muy contento.

—Ellos tampoco pueden resistirse al buenísimo estofado del señor Giuseppe —comentó Tenebrosa, divertida.

—Ya basta de BROMAS —los regañó Estuporis—. La Familia Tenebrax ha tenido mucha paciencia con vosotros. Además, es hora de irnos. Los demás llevan horas esperando y tenemos que empezar a ensayar el ESPECTÁCULO.

Los tres fantasmas volaron alrededor de Estuporis, **CONTENTOS** de haber encontrado a su amigo. Luego se encerraron en el **CALOR** de su bote y esperaron a que los transportaran cómodamente hasta el Palacio Rattenbaum.

¡Je, je!

¡Hola, Fenómenon!

¡Estamos aquí

EL CIRCO DE LOS FANTASMAS

Fenómenon Estuporis no cabía en su pellejo de ALEGRÍA.

—Queridísima Tenebrosa, ¿cómo puedo agradecerle lo que ha hecho?

—Pues… con aquella ENTREVISTA, ¿se acuerda? Ahora podría concedérmela.

—Por supuesto. Y además la INVITO a usted y a toda su familia a mi espectáculo de esta noche, para que me perdonen las molestias que les he causado.

—¡QUÉ BIEN! —exclamó Escalofriosa, saltando y dando palmas.

—¿Nosotros también podemos ir? —preguntaron tímidamente Ñic y Ñac.

Tenebrosa los miró un instante. Tenían cara de ARREPENTIDOS y aún llevaban las colas atadas.

—Sí, vosotros también. Pero antes tenéis que pedirle perdón al señor Estuporis… y AYUDARLO a ensayar con los demás fantasmas. Geronimo, desátales las colas.

Él se puso manos a la obra, mientras alguien bajaba desde el piso de arriba, saltando de peldaño en peldaño. Era Caruso, más enfadado que nunca…

—¡ES INADMISIBLE! ¡INTOLERABLE! ¡INAUDITO! ¡Tres ridículos fantasmas me han deshauciado… a mí, el canario licántropo más feroz del Valle Misterioso!

¡Grrr!

¡GRRR!

Geronimo y todos los Tenebrax presentes soltaron una fuerte CARCAJADA.

¡La aventura había terminado!

Aquella noche, todos fueron a la ciudad para asistir al espectáculo más *emocionante*, MONSTRUOSO e **IMPREVISIBLE** que se había visto nunca en Lugubria:

¡EL CIRCO DE LOS FANTASMAS!

UN GRAN
ÉXITO

Antes de que cerrara el cuaderno, un gran ESTRUENDO estalló alrededor de Benjamín y de mí.

PLAS PLAS PLAS

Las otras personas que hacían cola para comprar las entradas del circo estaban APLAUDIENDO, llenas de entusiasmo. La historia de Tenebrosa había cautivado a todo el mundo.

—Qué relato tan CURIOSO... y fascinante, señor Stilton —exclamó una distinguida roedora, que estaba un poco más adelante en la cola.

—Aunque usted es realmente muy MIEDI-CA —dijo otra voz detrás de mí.

—Sí, ¡un gran miedica! —insistió otro.

—¡Sea como sea, tiene que publicar la historia! —se unieron otras voces.

—¡Es genial!

—¡HACE ZUMBAR LOS BIGOTES!

—¿Lo has oído, tío? —comentó Benjamín—. Todos quieren que PUBLIQUES la historia. Es… ¡superratónica!

Yo asentí. Una vez más, Tenebrosa había acertado. No era de extrañar, porque es la autora más terrorífica y ESCALOFRIANTE del Valle Misterioso. El problema era que esta vez no podía ir corriendo a la redacción. Mientras leía, la cola que se había formado ante la taquilla se había ido **ACORTANDO**, y pronto nos tocaría a nosotros.

Faltaba muy poco para que empezara el espectáculo, y no me habría perdido el gran **CiRCO RATOBiGOTES** por nada del mundo.

—¿Tú qué crees, tío, será tan divertido como el espectáculo de Fenómenon Estuporis?

Yo asentí y añadí, riendo:

—Será... ¡superratónico! Mejor dicho... **¡FANTASMAGÓRICO!** Aunque nada puede competir con los fantasmas del Valle Misterioso. ¡Palabra de Stilton, *Geronimo Stilton*!

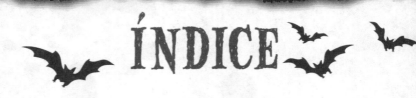

ÍNDICE

1. Monte del Yeti Pelado
2. Castillo de la Calavera
3. Árbol de la Discordia
4. Palacio Rattenbaum
5. Humo Vertiginoso
6. Puente del Paso Peligroso
7. Villa Shakespeare
8. Pantano Fangoso
9. Carretera del Gigante
10. Lugubria
11. Academia de las Artes del Miedo
12. Estudios de Horrywood

CASTILLO DE LA CALAVERA

1. Foso lodoso

2. Puente levadizo

3. Portón de entrada

4. Sótano mohoso

5. Portón con vistas al foso

6. Biblioteca polvorienta

7. Dormitorio de los invitados no deseados

8. Sala de las Momias

9. Torreta de vigilancia

10. Escalinata crujiente

11. Salón de banquetes

12. Garaje para los carros fúnebres de época

13. Torre encantada

14. Jardín de plantas carnívoras

15. Cocina fétida

16. Piscina de cocodrilos y pecera de pirañas

17. Habitación de Tenebrosa

18. Torre de las tarántulas

19. Torre de los murciélagos con artilugios antiguos

Geronimo Stilton

**Marca en la casilla correspondiente los títulos
que tienes de todas las colecciones de Geronimo Stilton:**

Colección Geronimo Stilton